GOSCINNY ET UDERZO
PRÉSENTENT
UNE AVENTURE D'ASTÉRIX

ASTÉRIX
LE GAULOIS

Texte de **René GOSCINNY**   Dessins d'**Albert UDERZO**

hachette
HACHETTE LIVRE - 43, quai de Grenelle, 75905 Paris Cedex 15

www.asterix.com

AVEZ-VOUS TOUT LU ?

LES ALBUMS D'ASTÉRIX LE GAULOIS

DES MÊMES AUTEURS AUX ÉDITIONS ALBERT RENÉ

© 1961 LES ÉDITIONS ALBERT RENÉ / GOSCINNY-UDERZO
© 1999 HACHETTE
Dépôt légal : mai 2010
ISBN : 978-2-01-210133-3 – Édition 10
Impression et relié en France par Qualibris/Clerc
Loi n° 49956 du 16 juillet 1949 sur les publications destinées à la jeunesse

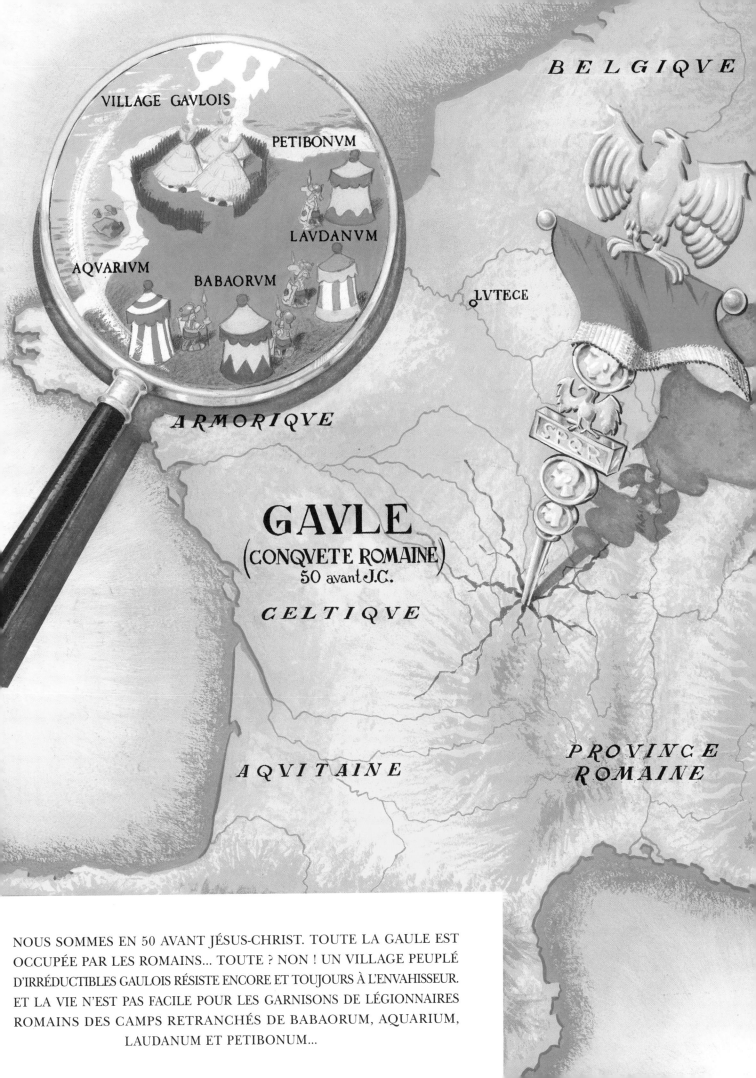

NOUS SOMMES EN 50 AVANT JÉSUS-CHRIST. TOUTE LA GAULE EST OCCUPÉE PAR LES ROMAINS... TOUTE ? NON ! UN VILLAGE PEUPLÉ D'IRRÉDUCTIBLES GAULOIS RÉSISTE ENCORE ET TOUJOURS À L'ENVAHISSEUR. ET LA VIE N'EST PAS FACILE POUR LES GARNISONS DE LÉGIONNAIRES ROMAINS DES CAMPS RETRANCHÉS DE BABAORUM, AQUARIUM, LAUDANUM ET PETIBONUM...

ASTÉRIX, LE HÉROS DE CES AVENTURES. PETIT GUERRIER À L'ESPRIT MALIN, À L'INTELLIGENCE VIVE, TOUTES LES MISSIONS PÉRILLEUSES LUI SONT CONFIÉES SANS HÉSITATION. ASTÉRIX TIRE SA FORCE SURHUMAINE DE LA POTION MAGIQUE DU DRUIDE PANORAMIX...

PANORAMIX, LE DRUIDE VÉNÉRABLE DU VILLAGE, CUEILLE LE GUI ET PRÉPARE DES POTIONS MAGIQUES. SA PLUS GRANDE RÉUSSITE EST LA POTION QUI DONNE UNE FORCE SURHUMAINE AU CONSOMMATEUR. MAIS PANORAMIX A D'AUTRES RECETTES EN RÉSERVE...

OBÉLIX EST L'INSÉPARABLE AMI D'ASTÉRIX. LIVREUR DE MENHIRS DE SON ÉTAT, GRAND AMATEUR DE SANGLIERS ET DE BELLES BAGARRES. OBÉLIX EST PRÊT À TOUT ABANDONNER POUR SUIVRE ASTÉRIX DANS UNE NOUVELLE AVENTURE. IL EST ACCOMPAGNÉ PAR IDÉFIX, LE SEUL CHIEN ÉCOLOGISTE CONNU, QUI HURLE DE DÉSESPOIR QUAND ON ABAT UN ARBRE.

ASSURANCETOURIX, C'EST LE BARDE. LES OPINIONS SUR SON TALENT SONT PARTAGÉES : LUI, IL TROUVE QU'IL EST GÉNIAL, TOUS LES AUTRES PENSENT QU'IL EST INNOMMABLE. MAIS QUAND IL NE DIT RIEN, C'EST UN GAI COMPAGNON, FORT APPRÉCIÉ...

ABRARACOURCIX, ENFIN, EST LE CHEF DE LA TRIBU. MAJESTUEUX, COURAGEUX, OMBRAGEUX, LE VIEUX GUERRIER EST RESPECTÉ PAR SES HOMMES, CRAINT PAR SES ENNEMIS. ABRARACOURCIX NE CRAINT QU'UNE CHOSE : C'EST QUE LE CIEL LUI TOMBE SUR LA TÊTE, MAIS COMME IL LE DIT LUI-MÊME : "C'EST PAS DEMAIN LA VEILLE !"

À PETIBONUM, CAMP FORTIFIÉ ROMAIN, DANS LA TENTE DU CENTURION CAIUS BONUS...

AVE CAIUS BONUS! LA PATROUILLE EST DE RETOUR!

AVE JULIUS POMPILIUS! JE VAIS ALLER LES VOIR.

AVE...

?!?.?

PAR TOUS LES DIEUX! QUE VOUS EST-IL ARRIVÉ? AVEZ-VOUS ÉTÉ ATTAQUÉS PAR UNE FORCE SUPÉRIEURE EN NOMBRE?...

SUPÉRIEURE EN NOMBRE...

...ON NE PEUT PAS DIRE!!!

ILS ÉTAIENT UN...

...ET PAS BIEN GROS AVEC ÇA!

PAR JUPITER! IL DOIT Y AVOIR UN SECRET DANS LA FORCE DE CES GAULOIS!

PENDANT CE TEMPS...

TE VOICI DE RETOUR, ASTÉRIX... RIEN DE SPÉCIAL?...

NON...

AH, SI... J'AI ASSOMMÉ QUATRE ROMAINS...

AH?... BON!

TU VIENS MANGER LE SANGLIER AVEC MOI?...

JE VIENS DANS QUELQUES INSTANTS, J'AI ENCORE DEUX MENHIRS À LIVRER...

A.2

ENTRE OBÉLIX, LE RÔTI EST PRÊT !...

MIAM MIAM ASTÉRIX !...

LES ROMAINS VONT SE FÂCHER, ILS VONT LANCER UNE NOUVELLE OFFENSIVE...

BAH !

TANT QUE PANORAMIX, NOTRE DRUIDE, CONTINUERA À PRÉPARER SA POTION MAGIQUE, LES ROMAINS NE PEUVENT RIEN CONTRE NOUS !...

ALLONS D'AILLEURS VISITER LE DRUIDE !...

IL DOIT ÊTRE DANS LE FEUILLAGE EN TRAIN DE CUEILLIR LE GUI AVEC SA SERPE D'OR.

TCHIC ! TCHAC !

3.A

PANORAMIX! Ô DRUIDE!!!

OUILLEU

TU M'AS FAIT SURSAUTER, JE ME SUIS COUPÉ AVEC MA SERPE !

JE M'EXCUSE...

LE JOUR EST VENU POUR MOI D'AVOIR MA RATION DE POTION...

BON, D'ACCORD...

VENEZ CHEZ MOI...

3 B.

7

VOICI LA POTION QUI REND INVINCIBLE! LA POTION QUI DÉCUPLE LES FORCES DU CONSOMMATEUR PENDANT UN TEMPS LIMITÉ.

QUELLE EST LA RECETTE DE CETTE POTION, Ô DRUIDE?

L'ORIGINE DE CETTE RECETTE SE PERD DANS LA NUIT DES TEMPS ET ELLE NE SE TRANSMET QUE DE BOUCHE DE DRUIDE À OREILLE DE DRUIDE...

...TOUT CE QUE JE PEUX TE DIRE, C'EST QU'IL Y A DU GUI ET DU HOMARD...

LE HOMARD N'EST PAS NÉCESSAIRE, MAIS ÇA DONNE DU GOÛT À LA MIXTURE!

PLOF!

4-A

JE PEUX EN AVOIR?...

NON, OBÉLIX, NON!... ET TU LE SAIS BIEN!

TU ES TOMBÉ DANS LA MARMITE ÉTANT BÉBÉ. LES EFFETS DE LA POTION SONT PERMANENTS CHEZ TOI; EN BOIRE ENCORE SERAIT DANGEREUX!...

GLOP! GLOP! GLOP!

MERCI, Ô DRUIDE!

PAR BÉLÉNOS, CE N'EST PAS JUSTE!

HOULÀ HOULÀ HOULÀ!!!

JE T'AI DÉJÀ DIT DE NE PAS ME SERRER LA MAIN APRÈS AVOIR PRIS LA POTION!

C'EST VRAI, JE NE CONNAIS PAS MA FORCE!...

4-B

LES GAULOIS QUE NOUS ASSIÉGEONS DEPUIS DES ANNÉES NOUS NARGUENT! LA PROVOCATION DE CE MATIN DÉPASSE LES BORNES! S'ILS SE METTENT À UN CONTRE QUATRE, CE N'EST PLUS DU JEU! ILS NOUS RIDICULISENT!

IL Y A UN MYSTÈRE DANS LA PUISSANCE DE CES GAULOIS! IL FAUT DÉCOUVRIR CE SECRET!

TU AS RAISON, MARCUS SACAPUS! IL FAUT LE DÉCOUVRIR ET VITE! CÉSAR, DE ROME, M'A FAIT SAVOIR SON MÉCONTENTEMENT! IL ME FAUT UN VOLONTAIRE POUR ALLER ESPIONNER CHEZ LES GAULOIS!

?!

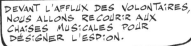

DEVANT L'AFFLUX DES VOLONTAIRES, NOUS ALLONS RECOURIR AUX CHAISES MUSICALES POUR DÉSIGNER L'ESPION.

POUR JOUER À CE VIEUX JEU ROMAIN, IL FAUT UN SIÈGE DE MOINS QU'IL N'Y A DE LÉGIONNAIRES...

...QUAND LA MUSIQUE S'ARRÊTE...

...TOUT LE MONDE S'ASSOIT. LE LÉGIONNAIRE QUI N'A PAS DE SIÈGE EST LE LÉGIONNAIRE QUI A PERDU.

C'EST CALIGULA MINUS QUI S'Y COLLE !

9

CALIGULA MINUS EST PRÊT, CAIUS BONUS. NOUS L'AVONS DÉGUISÉ EN GAULOIS.

ALLONS VOIR...

?!!

HI! HI! HO! HO! ENCHAÎNEZ-LE HA! HA!

QUÈS ACCO?...

NOUS ALLONS TE PROMENER NON LOIN DU VILLAGE GAULOIS. QUAND LES GAULOIS TE VERRONT, ILS VIENDRONT TE DÉLIVRER. AINSI, TU POURRAS ENTRER CHEZ EUX ET ILS TE CONFIERONT LEUR SECRET...

QUE PENSES-TU DE MON PLAN?...

JE N'EN PENSE RIEN. JE N'AI RIEN COMPRIS!

EMMENEZ-LE!

EEEEH DOUCEMENT! JE SUIS UN FAUX PRISONNIER! UN VRAI ROMAIN!

PEU APRÈS...

ON VA MARCHER LONGTEMPS COMME ÇA?...

CALIGULA MINUS, TAIS-TOI!...

NON LOIN DE LÀ...

J'AIMERAIS BIEN UNE BONNE BAGARRE...

FAUT PAS TROP Y COMPTER... LES ROMAINS SONT DEVENUS PRUDENTS À FORCE DE RECEVOIR DES COUPS SUR LA TÊTE...

7

(I) LES SPAGHETTIS NE FURENT IMPORTÉS QUE BIEN PLUS TARD, DE CHINE, PAR MARCO POLO.

13

L'HÉROÏQUE DÉTACHEMENT, COMMANDÉ PAR MARCUS SACAPUS, REVIENT AU CAMP RETRANCHÉ DE PETIBONUM...

TCHIC BLDZRRZLM MIDLXIVIII NIDRCL

LES GAULOIS SONT VENUS, ILS ONT VU ET ILS ONT EMPORTÉ CALIGULA MINUS !

MAGNIFIQUE VICTOIRE POUR NOUS !

ESPÉRONS QUE CALIGULA MINUS NOUS REVIENDRA EN UN SEUL MORCEAU POUR NOUS DIRE CE QU'IL AURA VU !

JE L'ESPÈRE POUR LUI, SINON, SES MORCEAUX AURONT AFFAIRE À MOI !!!

ALEA JACTA EST !

PARDON ?...

PENDANT CE TEMPS...

NOUS ARRIVONS À NOTRE VILLAGE, CALIGULIMINIX. TU Y SERAS EN SÉCURITÉ, IL N'Y A QUE DES GAULOIS !

CHIC !

ASTÉRIX ET OBÉLIX SONT DE RETOUR !

ILS RAMÈNENT QUELQUE CHOSE !

PAR BÉLÉNOS, QUELLE CHOSE ÉTRANGE...

VIENS, NOUS ALLONS TE PRÉSENTER À NOTRE CHEF, ABRARACOURCIX.

MAIS... ILS SONT TOUS ARMÉS !!!

OUI, NOUS DEVONS ÊTRE TOUJOURS PRÊTS À REPOUSSER UNE ATTAQUE DES ROMAINS !

SAGE PRÉCAUTION !

10

14

21

PEU APRÈS, CHEZ LES GAULOIS...

JE VAIS CUEILLIR DU GUI DANS LA FORÊT...

VEUX-TU QUE JE T'ACCOMPAGNE, DRUIDE ?...

NON, ASTÉRIX, RESTE ICI POUR GARDER LE VILLAGE. TA FORCE VIENT DE MON BREUVAGE, MAIS TON INTELLIGENCE ET TA RUSE N'APPARTIENNENT QU'À TOI...

CE SERAIT TERRIBLE POUR NOUS SI NOUS TE PERDIONS... D'AILLEURS, JE REVIENS TOUT DE SUITE...

AH, BON...

♪ (1)

(1) VIEIL AIR GAULOIS.

OUAPP!!!

NOUS LE TENONS!

(1)

(1) VIEILLES INJURES GAULOISES.

PEU APRÈS...

NOUS TENONS LE DRUIDE, Ô CAIUS BONUS!

BRAVO, TULLIUS OCTOPUS!

EN RÉCOMPENSE, TU AURAS 100 SESTERCES ET UNE PERMISSION POUR ALLER À ROME, VOIR LES JEUX DU CIRQUE!

CHIC! JE VAIS ALLER AU CIRQUE! JE VAIS ALLER AU CIRQUE!

TOI, DRUIDE, TU ME LIVRERAS TON SECRET!

ÇA VA PAS, NON ?!!

23

NOUS ALLONS TORTURER LE DRUIDE; IL PARLERA!

TU PARLES?

TU PARLES!!!

ET, PLUS TARD...

MAIS ENFIN, DRUIDE, CE N'EST PAS DU JEU! NOUS TE TORTURONS DEPUIS DES HEURES ET ÇA NE TE FAIT RIEN!

SI! ÇA ME FAIT PASSER LE TEMPS!

DRUIDE, SI TU PARLES, JE FERAI DE TOI UN HOMME RICHE ET PUISSANT!

NON!

TU AURAS DES SESTERCES! DES TAS DE SESTERCES!!!

NON!

EST-CE QU'ON VA ME TORTURER ENCORE LONGTEMPS?... JE N'AI PAS QUE ÇA À FAIRE, MOI!

LES POUVOIRS MAGIQUES DE CE DRUIDE SONT TROP FORTS POUR MOI... ET IL EST TÊTU!

PENDANT CE TEMPS...

QUE SE PASSE-T-IL, ASTÉRIX? TU AS L'AIR INQUIET...

LE DRUIDE EST PARTI CUEILLIR DU GUI DANS LA FORÊT ET IL N'EST PAS RENTRÉ...

JE VAIS LE CHERCHER!

ATTENTION ASTÉRIX! ÇA FAIT LONGTEMPS QUE TU N'AS PAS BU DE POTION!

BAH! JE ME FIE À MA RUSE POUR RETROUVER LE DRUIDE!

I. 60

⑳

24

27

TOUT ÇA EST BIEN INTÉRESSANT MAIS ÇA NE ME DIT PAS OÙ SE TROUVE PANORAMIX LE DRUIDE !

IL SE TROUVE SÛREMENT DANS CETTE TENTE SOLIDEMENT GARDÉE...

SOYONS AUDACIEUX !

VOUS PERMETTEZ ? JE VIENS DÉLIVRER PANORAMIX LE DRUIDE. C'EST UN AMI.

?!?!?!

MERCI !

NE LE LAISSE PAS SORTIR ! C'EST UN DE CES GAULOIS INVINCIBLES GAVÉS DE BOISSON MAGIQUE !.... JE VAIS CHERCHER DU RENFORT !

B...BON, MAIS FAIS VITE, Ô CAIUS MARCHÉOPUS !

ET, DANS LA TENTE...

ASTÉRIX !

ÇA VA ?

QUELLE FOLIE, Ô ASTÉRIX, QUE DE T'ÊTRE VENU FOURRER DANS LA GUEULE DE LA LOUVE ROMAINE PAR BÉLISAMA !

CES GENS NE PEUVENT RIEN CONTRE MES POUVOIRS MAGIQUES !

JUSTEMENT ! ON VA S'AMUSER UN PEU À LEURS DÉPENS, J'AI QUELQUES IDÉES !

CHEF ! CHEF !

30

SILENCE! ON VIENT!

CAÏUS BONUS DÉSIRE VOUS VOIR...

TOI! CONNAIS-TU LE SECRET DE LA POTION MAGIQUE?...

MOI? NON.

POUR LA DERNIÈRE FOIS, DRUIDE!... DONNE-MOI CETTE RECETTE OU JE FAIS TORTURER TON AMI!

JE NE CRAINS PAS LA TORTURE!...

J'AI CONFIANCE DANS LE COURAGE DE MON AMI ASTÉRIX!

NOUS ALLONS VOIR! QUE L'ON LIE CE GAULOIS SUR CETTE TABLE! QUE L'ON CONVOQUE LE BOURREAU!

J'ARRIVE! J'ARRIVE! ME VOILÀ!... TOUJOURS PRÊT!

EAU

PITIÉ! PITIÉ! JE N'EN PEUX PLUS! ASSEZ! PITIÉ!

?!

POUR L'AMOUR DE TOUTATIS, ARRÊTEZ! JE NE PEUX PLUS SUP-PORTER CES CRIS PLUS LONGTEMPS! JE DIRAI TOUT!

ARRÊTE, BOURREAU...

MAIS JE N'AI PAS ENCORE COMMENCÉ!

3-60   27

35

4-60

32

BON, SI ON N'A PLUS BESOIN DE MOI, JE M'EN VAIS...

HUE!

MAIS, SI JE COMPRENDS BIEN, JE SUIS DEVENU TRÈS FORT!

C'EST MERVEILLEUX! JE POURRAI ENFIN VENDRE MES BŒUFS ET TIRER LE CHAR MOI-MÊME!

CETTE POTION...

....A SÛREMENT...

...QUELQUE CHOSE DE MAGIQUE!

ET À PETIBONUM...

GLOU GLOU GLOU GLOU!

VENEZ TOUS BOIRE DE LA POTION MAGIQUE!

33

QUEL EST CE PRODIGE, DRUIDE ?

C'EST UNE VIEILLE RECETTE DE LOTION CAPILLAIRE, EXTRÊMEMENT PUISSANTE. VOS BARBES ET VOS CHEVEUX VONT POUSSER SANS ARRÊT À TRÈS GRANDE VITESSE.

JE VAIS VOUS TUER! DONNEZ-MOI DU CONTREPOISON!

TSK, TSK, TSK!

SI TU NOUS TUES, NOUS NE POURRONS PAS FAIRE DE CONTREPOISON!

D'AILLEURS, AUJOURD'HUI, NOUS SOMMES UN PEU FATIGUÉS...

...NOUS ALLONS NOUS RETIRER SOUS NOTRE TENTE...

ATTENDEZ!!!

SCLONK!

QUE T'EST-IL ARRIVÉ, Ô, CAIUS BONUS ?

JE ME SUIS PRIS LES PIEDS DANS MA BARBE, Ô, IMBÉCILE !

PEU APRÈS...

JE SUIS À LA MERCI DE CES GAULOIS! ILS ONT GAGNÉ LA PARTIE, JE DOIS TRAITER AVEC EUX !

5. 60

36

C'EST LA ⚏⊙✳⚖ MARMITE DANS LAQUELLE A ÉTÉ PRÉPARÉE LA ⬟☀⟿'⊙⚏ POTION!

BANG!

SLAP! SLAP! SLAP!

TROIS MILLE QUATRE CENT CINQUANTE!

?

QUE DIS-TU?

NOUS AVONS INVENTÉ UN NOUVEAU JEU. CHAQUE FOIS QUE NOUS VOYONS UN BARBU, NOUS COMPTONS QUINZE POINTS. CELUI QUI A LE PLUS DE POINTS GAGNE! ✳

✳ CE JEU EST ENCORE PRA-TIQUÉ DE NOS JOURS DANS CERTAINES RÉGIONS D'EUROPE OCCIDENTALE.

TU TE MOQUES DE MOI, GAULOIS, MAIS JE DOIS TRAITER AVEC TOI!

PARLONS SANS COUPER LES CHEVEUX EN QUATRE!

KAÏ! KAÏ! KAÏ!

JE NE VEUX PLUS QU'ON PARLE DE CHEVEUX!!!

POM!

PUISQUE C'EST COMME ÇA... LA BARBE!...

NON! NE PARS PAS!

HI! HI!

D'ACCORD, MAIS NE ME PRENDS PLUS À REBROUSSE-POIL!

HA! HA! HO! HO!

TOUT CECI EST ÉCHEVELÉ. PARLE, NOUS T'ÉCOUTONS!

HOU! HOU! ASSEZ! ASSEZ! HAHAHOHOHIHI!

POM! POM! POM!

S. GO

37

41

JE M'AVOUE VAINCU. DONNEZ-MOI DU CONTREPOISON ET JE VOUS RENDS LA LIBERTÉ !

C'EST QUE, JE N'AI PAS ENVIE DE TRAVAILLER !

IL A UN POIL DANS LA MAIN !...

...PARFOIS, IL A UN CHEVEU SUR LA LANGUE AUSSI !

HI! HI! HI!

POF! POF!

ALLEZ, NE VOUS ÉNERVEZ PAS. C'EST D'ACCORD...

IL FAUDRA QUE J'AILLE CHERCHER DES INGRÉDIENTS DANS LA FORÊT...

JE VOUS ENVOIE UNE ESCORTE...

!

JE N'AURAI PAS LE SECRET DE LA POTION MAGIQUE MAIS DÈS QUE JE SERAI DÉBARRASSÉ DES EXCENTRICITÉS CAPILLAIRES, JE SUPPRIMERAI LES DEUX GAULOIS. CE SERA UNE SATISFACTION MORALE !

POURQUOI AS-TU ACCEPTÉ SI VITE ? CE CENTURION NOUS VEUT DU MAL !

LES EFFETS DE LA POTION CAPILLAIRE SONT DE COURTE DURÉE...

...DEMAIN, IL N'Y PARAÎTRA PLUS. IL FAUT PENSER À SE SORTIR DE LÀ...

NOUS SOMMES PRÊTS À VOUS ESCORTER EN FORÊT POUR CHERCHER LES INGRÉDIENTS DU CONTREPOISON.

NE ME MARCHE PAS SUR LES POILS !

TU N'AS QU'À PAS LAISSER TRAÎNER TES CHEVEUX !

J'AI UN PLAN !

CE QU'IL Y A DE BIEN, AVEC NOUS, C'EST QU'ON EST BOURRÉS D'IDÉES !

S. 60

38

VOIS-TU, ASTÉRIX MON AMI, DANS LA PETITE MARMITE J'AI PRÉPARÉ DE LA POTION MAGIQUE CAR NOUS AURONS BESOIN DE MUSCLES POUR NOUS SORTIR D'ICI...

...DANS LA GRANDE MARMITE, JE PRÉPARE LE "CONTREPOISON": DE L'EAU, UN OS À MOELLE, DES LÉGUMES ET DU SEL...COMME NOUS DEVRONS Y GOÛTER DEVANT LES ROMAINS, AUTANT FAIRE UN BON POTAGE...

PEU APRÈS...

LA POTION MAGIQUE EST PRÊTE; PRENDS-EN UNE BONNE PORTION!...

GLOU! GLOU! GLOU! GLOU! GLOU! GLOU!

TU PEUX APPELER LES AUTRES MAINTENANT...

À LA SOUPE LÀ-DEDANS!

APPORTEZ LA MARMITE ICI...

ÇA VIENT! ÇA VIENT!

GOÛTEZ LES PREMIERS...

C'EST BON?...

GLOP! GLOP! GLOP!

TRÈS BON... MAIS ÇA SERAIT MEILLEUR AVEC DES CROÛTONS...

?

47

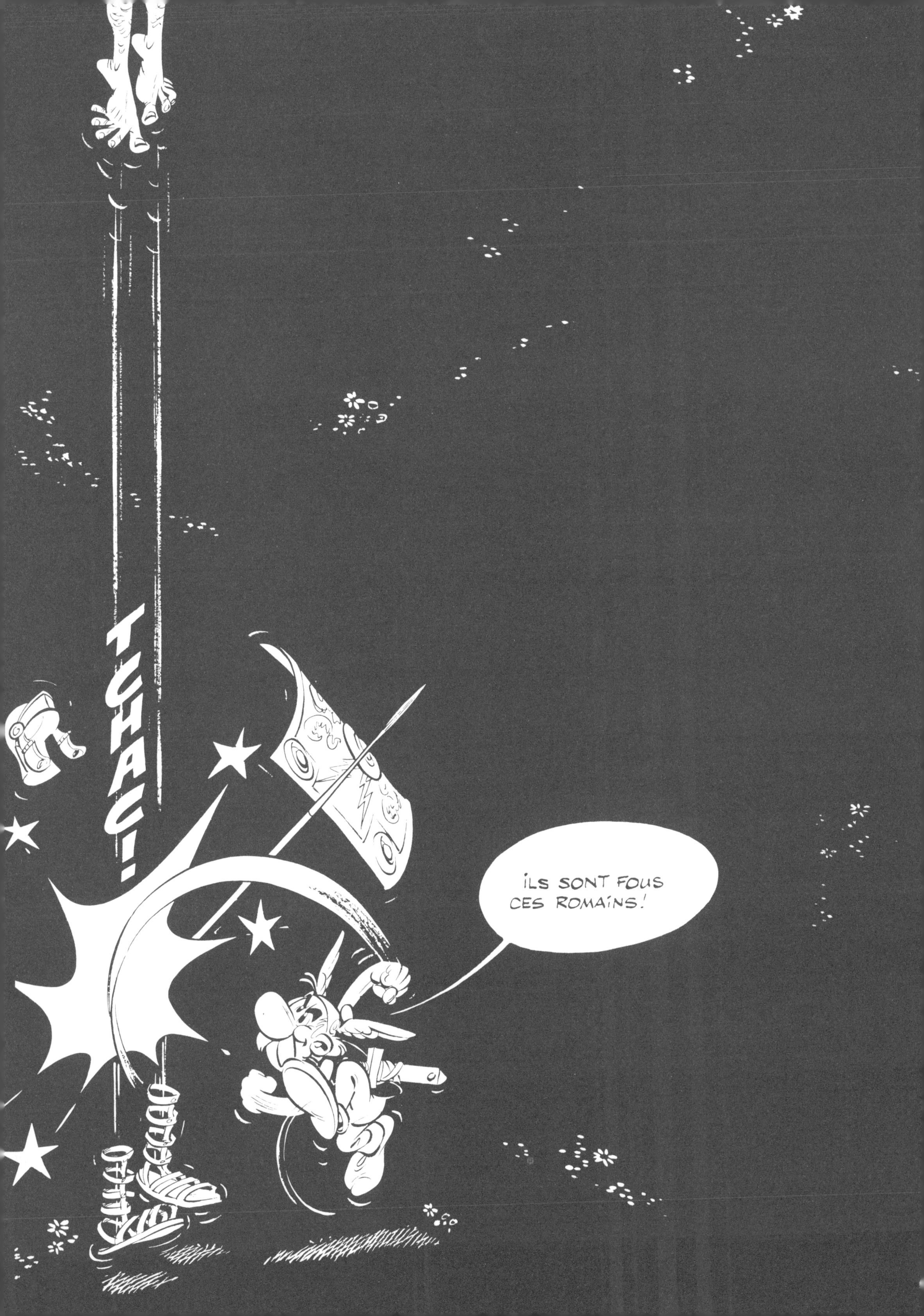
TCHAC!
ILS SONT FOUS CES ROMAINS!